La Chiâle

À Vipusika

« Les Ondes Marcinelle » est une collection des Éditions Dupuis.
Ce livre a été accompagné par Anaïs Vaugelade, éditrice invitée.

L'autrice a bénéficié du soutien du CNL pour la réalisation de cet ouvrage.

Claire Braud

La Chiâle

Tu m'embrasses pas ?

Claire Braud ne fait pas ici un livre aimable ;
La Chiâle pleure, *La Chiâle* ruisselle. *La Chiâle* a un vocabulaire qui n'est pas élégant (« chialer », ce n'est pas « verser des larmes »). *La Chiâle* montre un champ entier de purin (de merde). Il y a dans cette *Chiâle* l'évocation de massacres et de bombes au phosphore.
Mais *La Chiâle* est un livre qui regarde la lumière. Vers la beauté. Et qui sait gagner notre affection. S'il est mal aimable, ce n'est pas par goût de la provocation : ses dessins et son tempo reflètent la cruauté du monde.
La Chiâle est mal aimable, mais d'une compagnie extrêmement agréable et sensible.

Avant, la jeune Carilé supportait vaille que vaille le monde.
Malgré la destruction de son biotope natal (la ferme parentale au milieu des marais), malgré ses jobs alimentaires (hôtesse flûtiste pour chasseurs capitalistes), malgré l'énorme fatigue due au travail d'exploitation, malgré les transports en commun à l'heure de pointe, malgré le dégoût généré par les images publicitaires... Dans cette routine, malgré tout, il y avait la musique, il y avait aussi la beauté de Paris, il y avait les métamorphoses du quotidien. Cet « avant », ce sont les très belles pages du milieu du livre.

En cela, Claire Braud appartient à la littérature française, cette littérature qui s'organise entièrement autour de la tension entre Paris et la province : comme chez Balzac, comme chez Stendhal, comme chez Sand, comme chez Zola, comme chez Flaubert, etc., etc., Claire Braud ne cesse de quitter ses chers pâturages pour « monter » à Paris, fuyant comme Julien Sorel « l'abominable vie que l'on mène en province ». Avec son autodérision massive et son physique « angevin » (j'ai appris l'expression), la jeune Carilé en propose une nouvelle figure. Je lis sur Wikipédia qu'aux environs d'Angers « l'espèce chevaline est brillante et vigoureuse (...). La tête est un peu forte, mais dotée de grands yeux vifs placés bas, d'oreilles bien placées et bien taillées, très expressive, avec du caractère. »
On croirait la description de son autoportrait page 59.

Jusqu'aux attentats du 13 novembre, à Paris. Ce premier choc la fragilise, comme nous toutes et tous. L'irrévérence de Braud envers les formes conventionnelles du récit en images prend ici toute sa force.
De tous côtés poussent des barbes inattendues...

Jusqu'à ce voyage, pour les besoins d'un film documentaire, sur « la plage de l'horreur absolue ». Jusqu'à précisément la rencontre d'une autre jeune femme, une survivante d'un massacre d'État perpétré sur les côtes d'une île paradisiaque, massacre dont le témoignage, soudain, fracture tout récit possible et le reporte sans arrêt, le diffère. Et nous comprenons que ce témoignage n'est pas un récit dans le récit, c'en est le cœur, le réacteur, l'abîme.
Les témoignages sont, pour le dire ainsi, inévitables. La flûtiste ne parvient plus à tenir la note de la musique qu'elle avait en tête. Les questions mêmes qui lui viennent n'ont plus aucune validité. Les clichés craquent, les voix des survivantes s'enfoncent loin en elle. Le récit fragmenté voit monter l'eau partout. Les marais de l'enfance s'engloutissent sous les tornades du trauma.

Il m'arrive à moi aussi d'écrire l'angoisse ; et la dépression, je la vois en poudre : désintégration moléculaire, murs qui se dissolvent, poussière noire d'atomes, psyché vaporisée. Je ne sais pas comment j'aurais dessiné ça. Quand Carilé s'effondre, Claire Braud la fait dégouliner de toute part, en fontaine, en flaque, en cruche qui verse. C'est très drôle, malgré la douleur.
Claire Braud le fait par une distorsion des images que je n'avais jamais vue ailleurs. Comme dit Anaïs Vaugelade, son éditrice : « Ça ne ressemble à rien. » Et c'est ça qui est bien.

Après avoir entendu certaines histoires, on ne peut plus raconter les histoires pareil. Les chemins que choisit l'eau, c'est l'eau elle-même qui les dessine. Alors Claire Braud suit ces chemins, avec humilité et audace. Avec aussi un humour singulier, pas spécialement salvateur, mais qui déborde les catégories du « courage » ou de la « justice ». Un rire qui est un léger grelot au bord du maëlstrom.

Marie Darrieusecq

Bonjour ! Deux cafés s'il vous plaît.
Tu veux manger un truc ?
On se partage une omelette ?
Et deux tartines ?
Ça va ? Tu as l'air tout chose ...
Ça, c'est le jet-lag.
Il y a quoi, 4-5 heures de décalage ?
Attends, je commande.

KING KONG
scrich
fluc fluc fluc fluc fluc
Tu as bien mangé sinon là-bas ?!
C'est beaucoup de plats à base de poissons, non ?
Mais... mon amour, ça n'a vraiment pas l'air d'aller ?

Chérie ?
ZIOU
ZERO Mode
VERO
mod

HABITA
BiBou style

C'est tant de, tant de

C'est tant de terreur

C'est tant de terreur, tant de tristesse.
Tristesse qui remonte en vagues de larmes...
... et roulent sur toutes ces tristesses.
Lavant des yeux qui restent seulement pour pleurer.
TAXI
La bille de l'œil comme une pierre chauffée à blanc. Le cœur, de la lave.

Le cœur des jeunes filles violentées, lui, est en pierre durcie.
La plaie est effroyablement ouverte en deux ...
... et emplie de métal avec un peu de gravats.
Peut-être encore quelques pétales de fleurs, parmi d'autres débris.
La plaie est sale et immense jusqu'à l'horizon. Est-ce que les larmes peuvent nettoyer la plaie ?

SBAM
Lascives, allongées sur des lits aux étoffes colorées...

Dans la pénombre des maisons, entourées de fruits, leur peau est aussi douce que l'air.
Qu'elles contemplent.
Leurs sourires sont grands.

Toute la grandeur de l'île, c'est elles.
Les fruits qu'elles mangent, le sable sous leurs pieds, les dessins de leurs saris...
... et le vent qui plaque l'étoffe sur les corps, c'est elles.
Les oiseaux, les singes, les chiens, c'est encore elles.
Et quand on les a atteint, on a frappé l'essentiel.

L'immonde roi à moustaches lèche les cadavres des jeunes filles enterrés sous la plage.
Il se repaît de leur chair, sa langue est large et répugnante.

Il a fait tant de mal et les jeunes filles qui ont survécu le tueront un jour.
Elles le broieront de leurs bouches sublimes et le chieront par leurs culs magnifiques.
Toutes ensemble et en même temps, une rangée de beaux culs le chiant.

Et cette ligne servira enfin de monument aux morts.
On dirait la moustache de ce porc.

Mais ce jour béni n'était pas encore arrivé.
Notre héroïne, elle, n'était plus qu'un oscillement de peur, d'absence et de gaucherie...

Et mutique et mouillée, ne savait plus comment raccrocher ses wagons.
Quelle heure est-il madame s'il vous plaît ?
Aaaaa
chérie ?
TCHAM

chérie, tu… tu dis si je peux… t'aider?

Pauvre bougresse ! C'est aussi sa vie à elle qui, engorgée par les larmes de cette insoutenable tristesse, remontait en surface. Et les larmes se mêlant aux larmes...
... par un effet "full cruche" débordaient, ouvraient les vannes à fond des sanglots, libérant un jet inarrêtable, inconsolable.
Ces chagrins très différents s'amalgamaient et se faisaient étrangement écho. À commencer par un chagrin perso bien récent : la vente du troupeau familial.
Mon cher petit...
Voilà, ta mère et moi venons de vendre les vaches.
Un grand camion est venu les prendre. C'est à la fois soulageant et étrange...

...comme si notre vie n'avait jamais vraiment existé... Enfin, nous voilà à la retraite.
...Je t'embrasse bien petite fille chérie signé ton Papa.
Elle mit du temps à comprendre la peine qui la prit.
Faut pas pleurer comme ça pour deux-trois veaux.
Avec ces deux-trois veaux partait l'enfance, définitivement terminée.

Les sentiments, les affections et l'amour familial dépendaient étroitement des relations aux bovins...
Que tu es belle !
... mais aussi par extension aux chevaux, chiens, chats et rats de ferme...
... par extension encore à toutes les bêtes des mares et des étangs bordant ladite ferme...
... et par extension finale, à l'univers entier.

Chevaux, chiens, chats et rats disparurent à la suite des vaches.
Pu d'lait à boire
Pu d'grains à croquer
Pu d'rats à chasser
Ragondins, foulques et bêtes des étangs qu'on fréquentait en allant chercher les vaches chaque soir ne le furent plus que le dimanche…
… et à force on se perdit de vue et on passa pour des touristes auprès des bêtes des étangs…
… de simples visiteurs, quand nous étions auparavant des amis, quasi des frères…
Ola Cousin !
Ça va la famille ?
Le petit dernier qui fait ses dents.

Simon, les iris se sont enfin ouverts hier.
Le nouvel univers faisait peur...
... et c'est désormais en chiens de faïence que parents et enfants se retrouvaient...
... dans un monde devenu tout riquet.

Les réunions familiales prirent l'allure d'un mauvais théâtre où chacun tenait un rôle lourdaud.
oh merci Mum.
frrr
frrr
Et sans que personne s'en doutât vraiment, les liens commencèrent à se disloquer.
frrr
Un jour, c'est le fils, Parvine, qui annonça qu'il était atteint d'une maladie incurable...
toc
toc
... et décréta que cette maladie était...

… la faute du Père

(Afin de permettre la distance adéquate à ce récit "hot-zone-touchy-familias", et pour sublimer, par pudeur, ce drame haut en couleurs, nous passerons en mode "chats sur fond de pseudo Japon fin de siècle".)

Oui c'est de ta faute Papa si je suis malade.
Que dis-tu ?!
Tu ne m'as pas aimé.
Tu ne m'as donné ni ta confiance, ni ton attention. Depuis toujours, mon corps sonne creux.
Comme cette vasque !
toc toc
Les êtres qui vivent auprès de toi, tu n'as jamais su leur donner le moindre amour !
De l'amour, tu n'en as eu que pour tes gloires ! TA ferme modèle, TON troupeau mirifique...
...et tes vasques de marbre !
frit frit frit
J'ai cherché partout pour trouver cet amour que tu me refusais ! J'ai couru en tous sens... Maintenant mon corps est si usé...

... qu'il se fige ! Est-ce pour te plaire enfin qu'il prend l'allure de ce que tu chéris vraiment : Ton marbre ! Dur, froid, et grandiose ! Mais la fragilité d'un petit être, très peu pour toi !
frot frot
Tu n'as pas mérité d'avoir des enfants !
La maladie commence par les pieds... Les os se soudent entre eux, deviennent de pierre !
Si je ne me soigne pas, ça montera jusqu'en haut !
frot frot
Ma parole ça ne te fait rien de me voir ainsi ?!!
Je ne te crois pas malade.

Tu reviens ici car tu n'as rien fait de ta vie, et ce que j'ai bâti, tu veux me le prendre.
Ah oui ! Parlons de ces millions que tu as mis dans tes tracteurs et tes blocs de serpentine !
Ton travail fut une belle cache à ton manque d'amour ! Si tu avais mis un peu de tes millions à mon éducation, c'est en homme épanoui que je viendrais vers toi !
Au lieu de cela qu'as-tu fait ? Tu m'as laissé croupir dans un lycée minable !
En électro-technique !!
Tes résultats scolaires étaient catastrophiques.
Crois-tu qu'on puisse être disposé aux études...
...quand on n'est pas aimé ?

Tu n'as jamais eu d'ambitions pour moi !
Floap
Dis moi, Papa, qu'est-il donc arrivé pour que tu ne m'aimes pas ?
Tchac !
D'aussi loin que je me souvienne, je ne vois pas ton amour.
Ton oisiveté t'a fait perdre la tête. Tu trouves des raisons à ta vie délétère !

flop
Je dois vous dire qu'auprès des parents de SHILA, j'ai reçu plus d'aide et d'amour en un an ...
... que de vous en une vie !!
Alors reste vivre auprès d'eux si tu y es si bien !

Et ne t'avise pas de revenir si c'est pour faire pleurer ta mère !!
Mais le fils monta sa tente dans le fond du champ du Père, là où hier encore on fichait les génisses.
Il installa avec lui sa femme SHILA et leur petit enfant, et attendit.

au Café

le bébé

Le bébé !
Ma soeur avait dû accoucher sur la plage.
De toute ma famille il ne restait plus que moi pour protéger le bébé.
On courait dans les allées...

le bébé

Le bébé !
Ma soeur avait dû accoucher sur la plage.
De toute ma famille il ne restait plus que moi pour protéger le bébé.
On courait dans les allées...

Parce que des bombes au phosphore tombaient sur nous.
Le bébé en avait eu sur lui et quand il s'est mis à pleurer...
J'ai vu... J'ai vu...
J'ai vu que s

SPLACH !

zzip
fft
fft
fft
ffchhh

PELOUSE INTERDITE
clic!
pchit
pchit
PELOUSE INTERDITE
PELOUSE

Vous ne parvenez pas à dire la fin du récit de la jeune fille et du...
... bébé ?
nchit
Non ! Je... Je ne peux pas ! Je ne peux pas !

Mon cerveau ne veut pas imaginer cela ! Il n'y parvient pas...
Ce détail-là ! la cruauté de la situation...
la douleur de l'enfant !
et la détresse de la jeune fille !
Sa détresse ! Sa détresse à elle...

Une scène de chez moi me revient. Un matin nous revenions, ma mère, mon frère et sa petite famille...
... de ramasser un champ de caca-huètes qui nous restait quand soudain... l'horizon apparut recou-vert de merde !
Shhhh
Notre cousin arrosait de purin les terres qu'il venait juste de racheter à mes parents.
Ça va ? Ça se passe bien d'empoisonner tout comme ça ?
Qu'est-ce que tu veux dire PARVINE ?

* Vieille monnaie japonaise désuète.

Et vous vous croyez les Rois avec vos modernités ?!
Non mais laissez-moi rire !
Faut vivre avec son temps, arriéré !
C'est le temps du saccage et je n'en serai pas.
Et si c'était mon frère, ce furieux, qui voyait juste ?
...le gâchis, l'obscénité ici, comme une amorce à la terreur de la dévastation là-bas.
fchut
fchut
gnif !
gnif !
nuf !

Quelque chose ne va pas Messieurs-Dames?
My wife tell that she see something go into the pot.
mmh... a fly?
No!... bigger!
Butterfly?
No, no, no... More like a dog, or... a pig?!
A pig? Oh quand même!
Alleez...
Y A QUELQU'UN LÀ-D'DANS?!

AAH
AAH!

Je suis là Carilé si tu as besoin...
Restez pas là monsieur, ça peut être dangereux.
Le lendemain je rentrais à Paris pour un job...
Je travaillais en tant qu'hôtesse d'accueil...

À 8 heures j'étais donc au Salon de la Sécurité Intérieure des États.
B
Salon de l'agriculture
C
MILIPOL
Salon de
Intérieure des
SALON
PATRIMONIO
SALON
SÉCURITÉ
GRUAU
groupe
Salut!
THALES

J'avais été recrutée en fonction de mon profil «angevin» :
Le nez lourd, la peau blanche...
...un châtain lisse et fade à coiffe sage réhaussé d'un oeil sévère à cils courts...
Votre blush hôtesse
...le tout monté sur un socle épais, affirmé et rassurant...
...et une certaine docilité qui affleurait dans nos façons de nous mouvoir.
En effet nous toutes, hôtesses de ce salon, étions choisies sur ce même modèle.

On m'avait aussi embauchée pour entonner à chaque entrée de visiteur une marche autrichienne à la flûte traversière.
KOPTE
KOPT
weapon
Notre stand possédait une attraction : une cabane de tir mi trappeur - mi FBI...
... et une file d'hommes se pressaient pour tester leurs potentiels achats dans cet antre de bois et de titane.
BLAM BLAM !

Plus loin un stand tapait plus fort en osant offrir, moins esprit "papounet" que nous...
TAKATAKATAKATA
BLAM BLIM
KOPT OPS
...une participation à un vrai "carnage dont on est le héros".
A73
TAKAK
3D
Les clients pouvaient se croire dans une salle de ciné prise d'assaut par un fou tirant à tour de bras sur de jolies ados.
KAT TAKATAKA
poc

BLAM BLAM BLAM BLAM BLAM
Je m'ennuyais, et les hommes d'ici n'étaient même pas "beaux"...
... ni non plus "dragueur qui ne compte pas son temps"...
... obsédés qu'ils étaient par leur sérieux dans l'affaire de l'arme...
23
... mêlé à des histoires de rendement et d'allure sportive.
22
BLOCK WC

VUUUU
Hé quand tu marches t'es trop belle on dirait Shakira!
Au stand "conférence" on a besoin d'une hôtesse.
HELMUT
SHEIN
Le thème du cycle conférencier porte sur "la crise dans le monde"...

... et le sujet du jour est : "Comment investir dans les pays du Sud et les pays Post-choc".
2
Et c'est dans un état tout à fait triste que je me trainais ensuite...
B
SALON DE L'AGRICULTURE
C
MILIPOL
...jusqu'au "Salon de la Poésie".
DRANCY
A
au ciné
Love et

STIEN
PARAMOUNT
ADAM
&
Ève
angelina Jol
Brad
PiH
RTOUT
VERDO
2O9€?
C'est
toi
"GENIAL"
SVP

Hôtesse d'accueil ? Non, je regarde mais il me semble que vous êtes sur scène…
Sur la scène ?! Vous êtes sûre ?!
oui je regarde justement
Vous êtes spécialiste de Stravinsky, non ?
oui !…
Alors c'est bien ça !

Et la Russie innocente se tordait sous les bottes sanglantes...
... et sous les pneus des paniers à salade, noirs.
C'était au temps où seuls souriaient Les morts, contents d'avoir trouvé la paix, Et Léningrad, appendice inutile Ballottait auprès de ses prisons.
Et j'ai appris comment s'effondrent les visages, Sous les paupières comment émerge l'angoisse
comment le rire se fane sur les lèvres sombres
always lived...

Est tombée la parole de pierre sur ma poitrine encore vivante

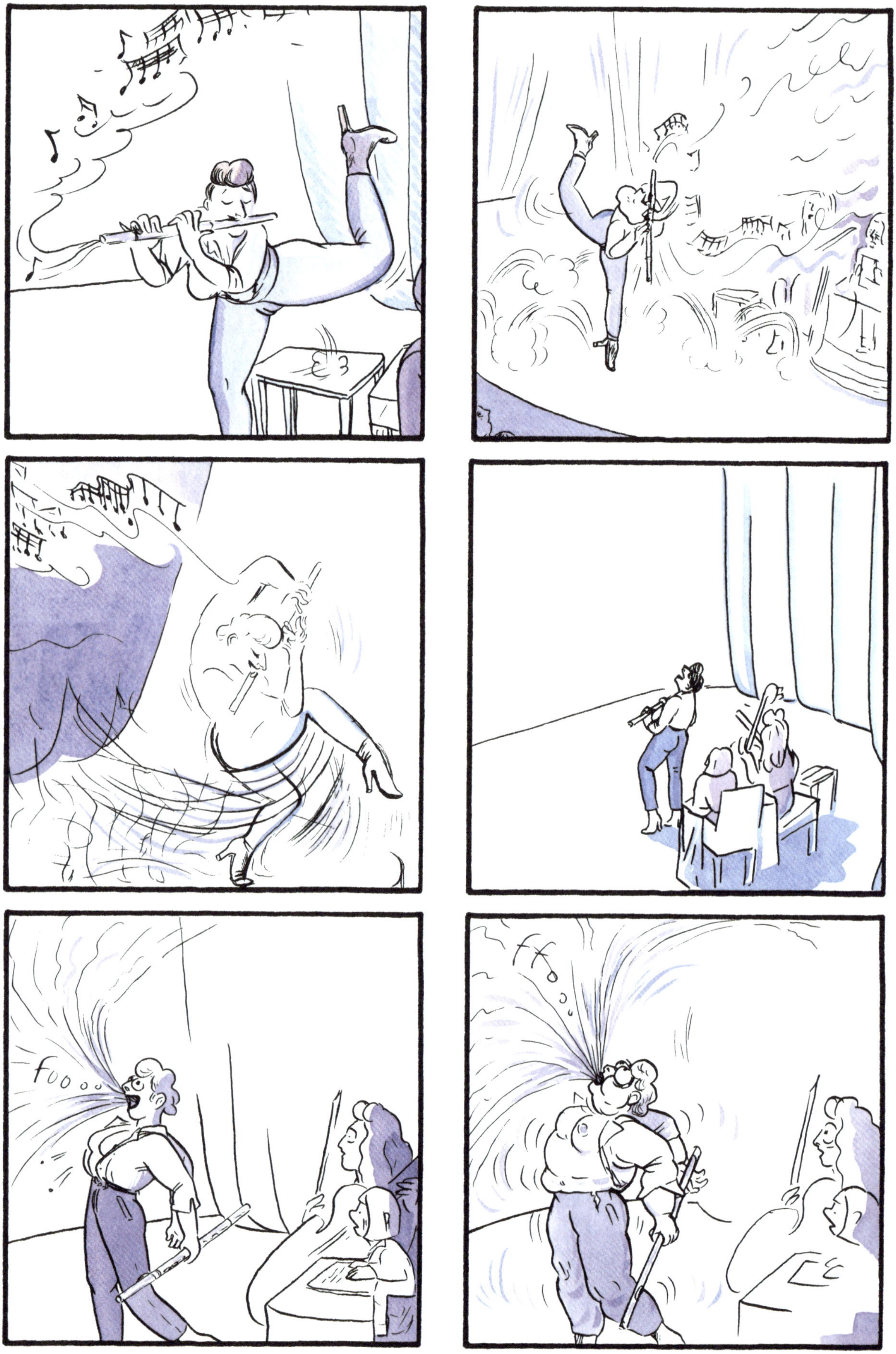
fooooo
ffoooo

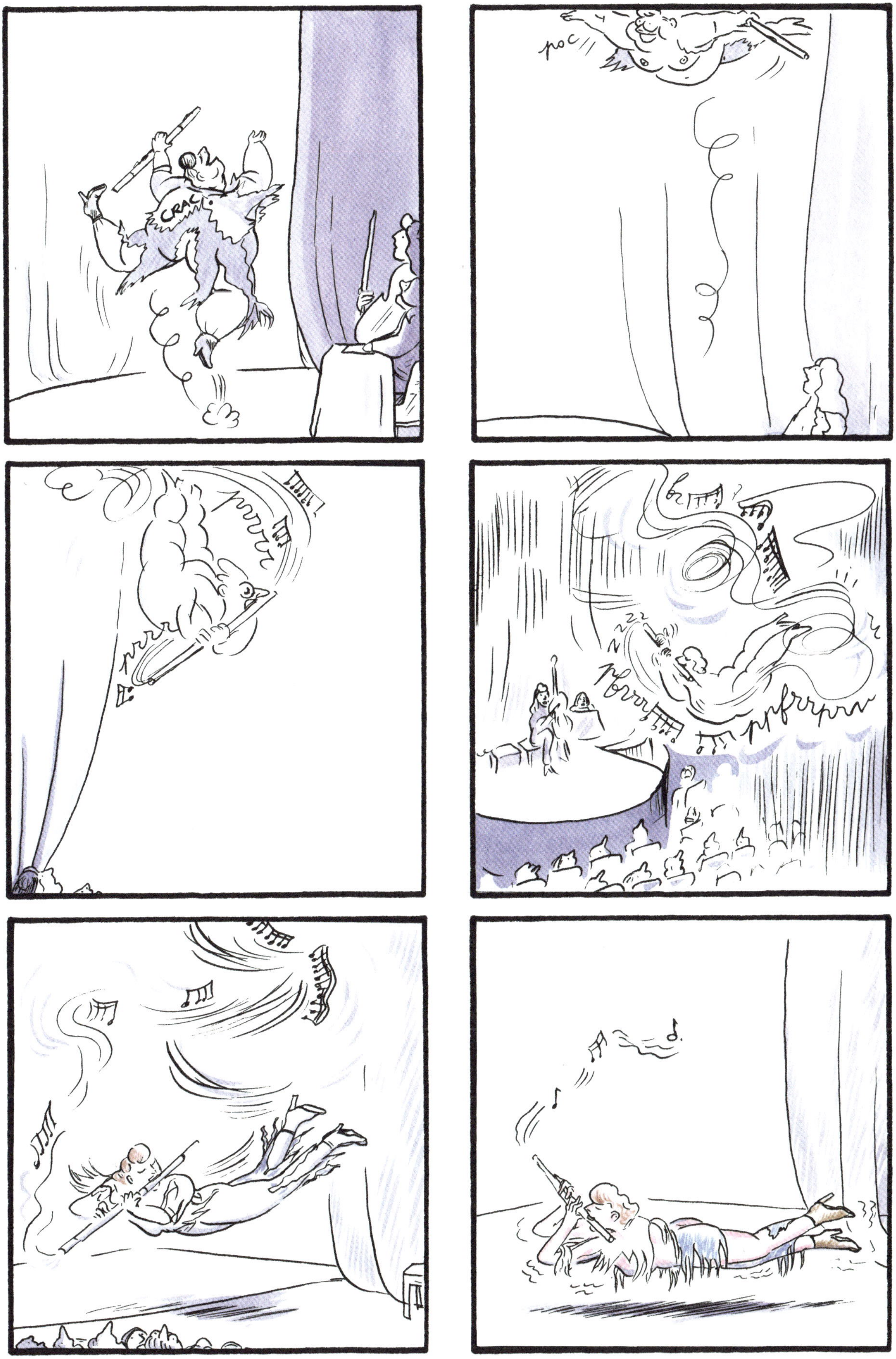
CRAC
poc

toc
clap clap clap clap clap clap clap clap clap clap clap clap
c'était superbe !
c'est vrai ?!! Je... c'était ma première fois !...
je... j'hésitais justement à arrêter, parce que... parce que...
"Il y a un combat pour la douceur."
"À partir du moment où la douceur est décidée, ne devient-elle pas une force ?"
Et ce soir, je retiendrai ce combat pour la douceur.

BLAM
Vous êtes là, je vous cherchais !
Écoutez je je n'ai jamais entendu jouer ainsi !
C'est la liberté ! La grande et vraie liberté !

Ce n'est pas rien vous savez !
Où avez-vous appris à jouer ainsi ?
Eh bien mais en fait j'ai appris la flûte par erreur, c'était une méprise :
... Mes parents avaient tant à payer aux banques qu'ils travaillaient nuit et jour...
... ils n'avaient pas le temps de s'occuper de leurs enfants et c'est avec les chiens et les cochons que se fit l'éducation...
Un jour, une femme énorme arriva au village. Elle se disait "médaillée d'or de flûte" et venait proposer des cours aux enfants d'ici.

Ma mère insista pour que j'apprenne cet instrument.
Mes enfants apprendront la musique !
Va, mon tout petit, souffle dans la flûte !
ffu
Ciel mais ! Cette enfant est un génie ! C'est un prodige !!!
Tu es une merveille !
Tu comprends ?
UNE MERVEILLE !

Ce n'est pas rien vous savez !
Où avez-vous appris à jouer ainsi?
Eh bien mais en fait j'ai appris la flûte par erreur, c'était une méprise.
... Mes parents avaient tant à payer aux banques qu'ils travaillaient nuit et jour...
... ils n'avaient pas le temps de s'occuper de leurs enfants et c'est avec les chiens et les cochons que se fit l'éducation...
Un jour, une femme énorme arriva au village. Elle se disait "médaillée d'or de flûte" et venait proposer des cours aux enfants d'ici.

Ma mère insista pour que j'apprenne cet instrument.
Mes enfants apprendront la musique!
Va, mon tout petit, souffle dans la flûte!
ffu
Ciel mais! Cette enfant est un génie! C'est un prodige!!!
Tu es une merveille!
Tu comprends?
UNE MERVEILLE!

Cette femme resta quelque temps donner des cours aux enfants du village. Un jour elle disparut.
Mais enfin où peut-elle être ?
J'espère qu'elle reviendra, elle a dit que Silas nous rendrait riches, qu'il est un petit Beethoven.
Quoi ?!
Mais moi aussi ! Elle a dit que Miroute serait la Céline Dion de la flûte !!
Et moi je lui ai donné un demi-cochon qu'elle doit payer en Juin !
J'ai changé son moteur !
...prêté 1000 roupecs !
Bientôt le village entier réalisa qu'il s'était fait rouler par la grosse Professeure...
... qu'on n'avait d'ailleurs jamais entendue jouer ; et chacun rentra dans ses certitudes comme un couteau dans un fromage.

mais moi j'ai continué à jouer !
je reviens je... une petite pipe.
vite faites-nous rentrer !
Il y a des gens qui tirent là-bas !
vite par pitié ! cachez-nous !

Il paraît qu'il y a eu une prise d'otages.
Des types en moto mitraillent des terrasses !
Juste à côté d'ici !
Éteignez les lumières, viiite !...
... ils vont nous tuer il faut se cacher !
Éteignez ces lumières ! Il y a une cave ici ?!
Bon. Descendons à la cave, mais sans bousculade...
Nous "tuer" !

NOUS TUER !

Je ne veux pas mourir avec eux ! Je ne suis pas comme eux moi je suis de la campagne !
T'es pourtant bien là, connasse !
Moi aussi en arrivant à Paris je me suis senti une... HAINE terrible
Tout cet or, toutes ces richesses !
Comme c'est beau !

Mmmh, ça a l'air si bon!
MOLTO

La Fete!
Je voudrais les déglinguer.

Nous aussi nous sommes des esclaves ! Des serfs !
Oh vous êtes là, je vous cherchais ...
Ne restez pas seule, venez avec nous.
On a fini par sortir de là.

Le lendemain je n'avais qu'une idée en tête : rejoindre ma campagne.
VLOOF
J'ai demandé au chauffeur de m'arrêter bien avant chez moi. Je mourais d'envie de retrouver seule les étangs.

PAW PAW
Oh mon dieu messieurs vous m'avez fait PEUR !

Qu'est-ce que vous faites là vous ! C'EST PRIVÉ ici !
WA WA
mais... je viens ici depuis que je suis toute petite, je ne savais pas que c'était privé...
WA WA WA
Ça l'a toujours été, mais l'ancien propriétaire laissait les gens entrer.
Maintenant c'est à moi, et c'est PRIVÉ.
Alors maintenant VOUS SORTEZ !
WA WA
WA
mais... c'est impossible... c'est comme chez moi !
SORTIE

Il n'y a que le long de ces petits ruisseaux qu'on trouve encore un peu de nature.
Dès qu'on en sort, tout n'est plus que vaste plaine rase, triste et morne des cultures céréalières.

Alors c'est ça, ma "campagne" ? Pffff
Vooooooo
Parfois on tombe sur d'étranges bâtiments encerclés de grillage.
Je suis rentrée une fois. C'est l'enfer, l'enfer, l'enfer et rien d'autre.

Dehors il n'y a plus une bête qui vive.
Ou si, de temps en temps, un pauvre âne acheté pour une maison presque secondaire...
Ah bah mon pauvre vieux
HiHA
HiHAA
Te laisse pas aller vieux.
...ou un chien attaché là à vie pour surveiller du matériel agricole (à cause des gitans qui volent le fer).
WAWA
WA WA
WAWA
Te laisse pas aller vieux.

C'est... ! C'est si terrible ! C'est où j'habite que c'est arrivé, et on comprend pas pourquoi justement, ici, ils ont tiré comme ça sur les terrasses...
PFFFF !
C'est le même cirque que pour le 11 SEptembre !!
Les étages du World Trade center avaient été pré-sciés ! Là, c'est pareil...
...les ceintures des tueurs au stade, étaient télécommandées !!
PAR QUI ?! C'est la question qu'il faut se poser !
Tu en penses quoi petite Maman ? Toi qui ne t'exprimes jamais ?
Parvine, pardon, heu... je n'ai pas bien compris ce qu'il y a eu avec les ceintures que tu disais...
Les types qui se sont fait sauter avec des ceintures d'explosifs, dans des rues totalement vides. Pourquoi ?
Ah il y a eu ça aussi ?... c'est terrible... c'est vraiment... affreux !
Mais pourquoi faire une chose pareille
QUELLE HORREUR !
Quelle tragédie !

Je pense à ces pauvres gens!
De toute façon, comment veux-tu, ces villes sont totalement aliénantes!
Ah! La ville et ses lumières!
Les gens s'y précipitent comme des PAPILLONS sur une ampoule!...
pour des futilités!
et comme les papillons hallucinés, ils se brûlent les ailes!
Non mais Papa, la question n'est pas là!
Elle est où alors?!
Eh bien je...
Pardon Parvine, je demande la parole.
Je remarque que depuis le début, vous ne vous écoutez absolument pas!
Et dans ces conditions, un débat n'avance jamais!
Shila a raison! C'est ...

Ne me coupe pas Parvine s'il te plaît.
... Dans une famille, il faut s'écouter... c'est le B-A BA...
... et je ne sais pas si vous connaissez cet excellent livre sur la C.N.V. ?
Non, qu'est-ce que c'est ?!
CNV
COMMUNICATION NON VIOLENTE
Ça devrait être O-BLI-GA-TOIRE.
certainement oui...
Ça va elle est bonne la viande PARVINE ?!
Vous vous dites VÉGÉTARIENS et quand il y a de la VIANDE chez moi vous ne l'êtes plus !
C'est pas le même PRIX hein des courgettes et de la viande !
Allez... Bonne nuit !

Tu seras gentille tu iras chercher le pain.
VISITEZ L'ABBAYE!
Ce village aussi est vide.
Avant paraît-il il y avait tellement de vie que tous les jours des Peintres venaient sur la place pour peindre cette vie. Où sont-ils donc passés bon sang?
EPICERIE
BAR

GNiiiii
Bonjour Carilé !
Obissa ! heu salut...
Tu vas bien Carilé ?
Heu, oui, et toi ?
Je vais très bien je te remercie...
Passe une très belle journée Carilé...
... car il est temps que la lumière soit ! ah ah ah (rire gai et cristallin)
bye bye

Ça alors ! Obissa !
Comme elle est belle !
Quand nous étions enfants, mes parents ont eu une période "témoin de JÉOVIH".
Nous allions tous les vendredis soirs chez les parents d'OBISSA pour étudier le livre de JÉOVIH.
OBISSA était l'unique enfant de deux parents très vieux.
LA BIBLE
Ses vêtements, sa mine, tout était déjà fatigué, âgé.
Elle allait à l'école primaire mais semblait avoir 30 ans.

Aussi étais-je étonnée de voir cette OBISSA gracieuse et légère alors que l'âge avait encore avancé.
Des souvenirs me reviennent...
Les soirées mornes chez ces gens, ma mère empruntée, et les images sans aucun art des Chevaliers de l'Apocalypse.
Un été j'ai demandé à mon Père pourquoi ils avaient fait ce choix.
Par curiosité. Les gens disaient beaucoup de mal d'eux. J'ai voulu aller voir par moi-même.
Je lui reposais la question en hiver.
Eh bien, sincèrement, je crois qu'à ce moment-là, nous étions PERDUS, avec ta mère.

Sa sincérité m'avait fait du bien.
Et maintenant je vous emmène voir ...
... le grand étang. Je l'adore ...
Comment pourrait-on dire... c'est comme ...NOS POUMONS cet étang ...
Ou même ... NOT'CŒUR pt'êt? ...

À L'ÉTANG DIMANCHE
grosse BATTLE de QWADS!
Ça va saigner!

ANCHE
se
TTLE
de
VADI
ça va saigner
conseil general
BAM!
ZOU
ping
pang
pung
KRR

PLAF

UGNiiiiii
Sploch
Flich
Flich

HAN!
VLAF!

DING DONG!
Oh! Ma nièce!
Oh! Ma Tante!
Entre, entre!
VOOOF
Moscou
Assieds-toi je te fais un café.

Alors ça va bien oui ?
Oh mais non ! Comment pourrais-tu ! Avec ces événements !
Je suis bête !
Tu étais à Paris à ce moment-là !
Oh Tante ! J'ai eu si peur ! J'étais dans un théâtre, avec plein de monde...
Ça a tiré dans des quartiers où je vais souvent, mais ce soir-là je me suis retrouvée enfermée dans ce théâtre...
J'ai eu une réaction qui m'a fait peur... de "détestation" des autres...
C'était ridicule. Mon souci numéro un était que...
Pousse-toi le chien.
... que les TERRORISTES ne me confondent pas...
...ne me prennent pas pour...

Alors que c'est chez moi PARIS... enfin, c'est aussi chez moi...
Je pense aussi à ces jeunes hommes, les TERRORISTES...
C'est si terrible ce qu'ils ont fait et pourtant je pense sans cesse à eux, à nous, à tous...
Tiens, reprends un gâteau.
SBROF
Ah là là... Bon bah moi, GROWI est à l'EHPAD, ça me soulage.
Voilà quoi.

Bon eh bien ça m'a fait plaisir, nièce chérie.
Oui moi aussi ma Tante.
Attends je te donne du gâteau.
Tiens voilà.

Et sinon, ça va ton père avec ton frère ?
Bof non, c'est tendu. Parvine interroge Papa, il veut des réponses à on sait pas trop quoi.
Il est un peu relou.
Tante ! Qu'y a-t-il ?!
Tu as 30 ans maintenant je peux te le dire.
Voilà... Quand ta mère est arrivée dans la région...
...ton père, lui, économisait depuis longtemps pour pouvoir enfin partir, quitter la ferme et découvrir le monde.

Peut-on passer la nuit chez vous ?
Je vous en prie, soyez les bienvenus.
Non, je n'ai plus de famille. Mon frère n'a plus jamais voulu nous voir après la guerre de l'Algérie.
Mon second frère est mort dans l'explosion d'une usine de poudre, mes parents de cancers.
Il n'y a plus que moi.
Oh ! Des Bejas !

Revenez les monter quand vous voulez ... ce sont les miens.
Bref quand ta mère est tombée enceinte elle y a vu un miracle...
... car des médecins lui avaient dit qu'elle ne pourrait jamais avoir d'enfants. Elle voulut à tout prix le garder.
Ton père n'avait jamais voulu avoir d'enfants. Il désirait et désire toujours une autre vie.
C'est pour ça qu'il est si amer. Il a beaucoup mais il n'aime pas ce qu'il a.

C'EST POSSIBLE D'AVOIR LA PAIX ?
Non mais ça va pas ?!
Il fait comme si Parvine avait un problème... mais ce n'est pas Parvine le problème.
JE SUIS CHEZ MOIII MERDE !
Parvine depuis l'enfance se débat seul avec ça...
... et maintenant il a sa maladie ! Ton père devrait lui parler mais il ne le fait pas !

Et moi alors ? Pourquoi on m'a refait par derrière ?
Eh bien... pour tenir compagnie à ce petit garçon.
ZOU
Merci Tante !
ZOU
Eh bien voilà ! Tout s'explique !
MAIRIE
salle des fêtes
Tout de même ! Moi qui pensais que ma grande joie venait de ce qu'ils m'avaient fait de leur amour sincère et profond...

MAIRIE
salle des fêtes
hh..
hh...
hh..
Bon sang qu'est-ce que c'est encore que ça ?
FOIRE du CHOCOLAT à LOCHES
BONSOIR CARILÉÉ !
OBISSA!
Heu, Bonsoir!
Bonne nuit Carilé! ...car il est temps que l'obscurantisme soit! Ahahah

OBiSSA ! Mais c'est impossible ! On aurait dit une sorcière !!
Ces poils au menton ! Longs comme un bras !
C'était carrément une barbe !
Quel est donc ce mystère ?
dac
Serait-ce la pleine lune ?
Oh... Pauvre Obissa... J'espérais tellement qu'elle s'en soit sortie...

Oh Tu ne dors pas ?
Mais! Tu pleures!
Oui! Je pleure de joie! Je viens de m'éveiller d'un rêve magnifique...
Nous étions, toi, moi et les enfants, au bord d'une mer sublime, transparente, légère...
Nous étions rayonnants. Une joie pure baignait nos cœurs et emplissait nos yeux.
Les bords de l'eau étaient frangés de noir, irisés... nous nous allongions sur un sol blanc laiteux, nacré.

Tout à coup j'ai vu cela du ciel, nous étions tout petits... et j'ai vu à cet instant que nous vivions dans un coquillage, un grand coquillage plat...
... une sorte d'huître sublime... Et nous vivions là, dans ce petit écrin.
Si tu savais comme c'était beau.

Camilé ... Dis-moi si je peux faire quelque chose pour toi ...
À Paris on sentait la tension et la stupeur...
... à tous les coins de rue.
Heureusement pour moi, dès le lendemain, je prenais un avion pour « l'étranger ».

J'avais trouvé un travail de compositrice sur un film "géopolitique"...
...et j'avais l'aubaine de me rendre sur place pour "l'inspiration".
Encore emprunte de la journée de la veille, c'est cette histoire de barbe qui m'inspirait alors.
Et pour tuer le temps dans l'avion, j'entreprenais une composition sur l'étrange OBISSA.
Ça se passe dans un village français vidé de sa vie...
Allegro sur OBISSA : on la découvre au réveil, magnifique : Violons, harpes, flûte traversière.
Comme elle ouvre ses volets débarque une armée de djihadistes montés sur des centaines de QUADS.
MAIRIE
TAK
grosse caisse, cors et cymbales !

Ils vont pour tuer tout le monde, mais comme on l'a déjà dit, le village est quasi vide. Choeur de djihadistes :
Y n'y a plus que des VIEUX ! Et des ZINZINS !
2-3 pauvrasses et c'est TOUT !
LAPEYRE y en a pas 2 !
Un djihadiste entre dans la maison d'OBISSA.
Tromblon, puis hautbois doux...
Il enlève OBISSA, qui se laisse enlever.
Il trouve derrière la maison un vieux cheval blanc déprimé, l'enfourche, et s'enfuit avec OBISSA.
Les voilà en forêt.
Quator de violoncelle, flûtes et hautbois...
Enfin tu m'as enlevéééee !! Mille ans que j'attendaiiis !

Dans ce village français, où crèvent un à un, les vieux de l'Algériiiie
Voilà toute ma vie, sur fond de JEOViiiiiiH
LE BIEN, LE MAL, L'APOCALYPSE !
Et te voilà enfin et mon passé s'éclipse
Oui je les ai suiviiiiiis mais dans mon cœur c'est toi que je cherchais Tu changes enfin ma viiiiie
Ils passent une journée incroyable à s'aimer, quand soudain...

Mon aimée...
Regarde...

Moi c'est une fausse.
Mes poils ne poussent pas! J'ai mis cette postiche, car sans barbe au djihad on m'aurait tué comme une biche.
Comprends-tu notre amour profond?
C'est ainsi qu'il faut s'aimer.
Ah! Mais tu n'es pas claire! Que veux-tu dire?! PRÉCISE!
DIS-LE, ce que tu veux dire!
Elle a une barbe, pas lui... ils sont tous deux homme et femme? Raa...
Sorcière et enfant?
Mais je n'eus pas le temps de préciser, car nous atterîmes tout à coup vers ce qui allait s'annoncer comme...

la plage de l'horreur absolue.

Alors, sur cette plage il y a déjà des camps militaires. Là, il y a des mouchards partout.
On ne pourra pas filmer.
Cette plage-là vient d'ouvrir au tourisme.
Et ici, c'est interdit d'accès, et Andy, notre fixeur, suppose que la plage n'a pas été "nettoyée".
Attends "pas nettoyée", tu veux dire que...
Ils ont enlevé les cadavres, mais pas les affaires des gens.
Hélas ce sera les dernières preuves qu'on puisse filmer.
Il faut qu'on les trouve, ces preuves !
Carilé, va réserver une table à côté, on fait le tour du matériel et on te rejoint.
Okay à tout !

L'autre problème, c'est que les gens sont encore terrorisés.
Ouais... beaucoup accepteront de parler mais pas d'être filmés...
Il faut trouver des gens qui acceptent la caméra...
clac
clac
scrich
scrouch
clac
clac
clac
clac
GNiiiiiiiii
scrich
clac
clac
clac
HOTEL LOUNDGE

clac
clac
clac
RESTAURANT

TCHAK
TCHAK
TCHAK
TCHAKA
TCHAKA
TCHAKA
TCHAK
TCHAK
TCHAK
Je nous ai commandé le plat National. On coupe tout menu menu avec de gros hachoirs !
Ça s'appelle "KOTTU" !
Je nous ai pris des "Spécial Viande" bien saignant !
TCHA
TCHA
TCHA
TCHAK
Bon appétit tout le monde !
Ça fait bizarre que ce soit des MILITAIRES qui tiennent ce restaurant à touristes, non ?!

C'est aussi eux qui tiennent notre HÔTEL...
Eux qui l'ont construit...
... sur des lieux où ils ont d'abord perpétré un massacre !
On n'arrive plus à imaginer ce qu'il y avait ici avant ; des pêcheurs ? des écoles ?...
... du massacre à l'hôtel à touristes...
... est-ce qu'ils étaient au courant du "Programme", ces jeunes militaires ?!

Attends, j'ai pas tout saisi...
Tu n'as pas été briefée avant de partir ?
Un peu, si, je sais qu'on est sur des zones d'une guerre récente contre des... TERRORISTES ?
Ah oui dis donc ils t'ont bien renseignée à la PROD !
Alors, je te la fais courte : au prétexte d'en finir avec le TERRORISME, le gouvernement, à majorité "CINGALOU", a :
Poursuivi de ses BOMBARDEMENTS des milliers de "TAMOULAS", des combattants bien sûr mais surtout des CIVILS : des femmes, des enfants, des vieillards, chargés de bagages...
En 2009, ces gens se sont retrouvés PARQUÉS tout le long de la côte, sur les plages. Ils étaient trois cent mille !...
Là, durant quelques mois, l'armée les a BOMBARDÉS sans discontinuer...
Les survivants ont été déplacés dans des camps gigantesques. À l'époque c'était même les plus grands du monde.
Après quoi, l'armée a été chargée de "NETTOYER".
La ferraille des bombes, les affaires des gens, et les milliers de cadavres.
Tout ça, au BULLDOZER.

Et pour finir, après avoir installé leurs camps militaires sur ces zones de guerre...
... ils construisent des hôtels, des restaurants, comme celui où nous nous trouvons. Aujourd'hui encore, c'est l'armée qui gère ça.
Verra-t-on bientôt des touristes sur ces plages ? D'ailleurs ce pays vient d'être élu « meilleure destination de l'année » par le Lonely Planet...
Et pour l'argumentaire : « Nous avons nettoyé le pays des terroristes TAMULAS, touristes, vous pouvez venir maintenant. »
PPfiouuu ! Mais c'est... C'EST TERRIBLE !
Je te le fais pas dire !
Regarde : c'est le Président qui a orchestré toute l'opération...
... appuyé, et même BÉNI par les plus hautes instances BOUDDHISTES du pays !
LA VACHE !

Incroyable cette histoire ! J'ai du mal à y croire ! Les Bouddhistes sont COOL normalement. Enfin...
Un exode, un Tyran, la mer...
... c'est vachement INSPIRANT en tout cas !
... et d'être enfin payée (et BIEN, hé hé !) pour faire de la composition, le Pied !
Il me faudrait les grandes trompettes comme dans "Tintin au Tibet" là, pour les moines Bouddhistes...
... avec ce budget, je peux foncer !
... et "la mer"... Si je nous faisais un REQUIEM à base de coquillages ? Oui ! Des conques !
Scrich Scrich

Dylanil sera notre chauffeur et Bobby notre interprète.
Enchanté !
Il faut savoir que le Président déclare à la face du monde n'avoir fait aucune victime civile.
Mais au contraire, avoir mené une OPERATION HUMANITAIRE au sein des populations TAMULAS.
VOAA
C'est le discours officiel : Il les a DÉLIVRÉS du TERRORISME.
RRRR
Il dit littéralement avoir "FAIT LE BIEN"... là où il a MASSACRÉ.
C'est un mensonge qui générera une grande violence.

On ne sait pas combien il y a eu de morts. Peut-être 70 000 ! En quelques mois !
Et c'est sans compter les ravages parmi les survivants.
Dépression, alcoolisme, suicide, folie...
Vu le déni des autorités...
... et la sur-présence militaire, ça va pas être facile, mais on va enregistrer le plus de témoignages possibles.
Bonjour ! Nous sommes les journalistes.
Oh très bien, je vais faire venir les élèves.
Bonjour à tous.
Ces journalistes sont là pour récolter des témoignages sur la guerre. Ils vont vous filmer. Si vous voulez témoigner, allez-y.
Oui, Daninka ?

J'étais petite quand il y a eu la guerre. Nous étions chez nous et une bombe est tombée !
Ça a secoué toute la maison ! Mais aussitôt on s'est aperçu que notre mère...
...Que notre mère était ...
ZZZZZ
ZZZZZZZZ
scrich scrich

CROA CROA
CROA
CROA
CROA
Génial ce son de grenouilles !
Tu le veux pour tes compos ?
Ça a un côté hyper oppressant à exploiter
...ouais t'as raison c'est pas mal...
J'te le garde au chaud si besoin.
CROA
CROA
Bon, au boulot ! alors, grenouilles... ré-mi-do-sol si bémol...
CROA CROA CROA
scrich scrich
"...roseaux à macettes, menthes des marais, saules tortueux..."
do-ré-mi-sol-si-la-do !
... eaux vert smaragdin... brises chuchotantes !... allegrissimo !

scrich
scrich

BLUB
BLOB
BLOB
FLOTCH
BLOB
BLOB
PROUT
PROUT
FLOF
PRUT
Une vache morte !
gonflée par l'eau...
Carile ? Tu nous rejoins ?

C'est la photo de son fils.
"AU SECOURS DES ENFANTS-SOLDATS"
Nos meilleurs pédopsychiatres ont été recrutés afin d'aider de nombreux enfants-soldats Tamulas, que leur embrigadement par les Terroristes a terriblement mutilés psychiquement, à espérer un avenir décent.
DAILY NEWS
Le gouvernement a lancé son Programme "Un jeune - Une vie", afin d'attribuer à chacun des bourses d'études dans nos meilleures facultés, faisant de notre pays une nation humaine, tolérante et progressiste.
Bon eh bien c'est déjà ça de positif !
En fait c'est mon frère sur la photo de l'article.
NEWS

Le gouvernement a dit à ma mère que son fils était mort.
Mais Maman l'a reconnu sur cette photo.
Voilà 5 ans qu'elle le réclame.
... et on lui répond toujours qu'il est mort.
Alors ?! Il est MORT ou il est PAS MORT ?!
Tu comprends ?!
Moi, je crois qu'il est mort.
Mais qu'est-ce qu'elle raconte ? Il est là, son frère, au programme "Un jeune - une vie" ! Elle ne savent pas bien lire l'anglais peut-être ? Oui, c'est sûrement ça ! Et puis, c'est un anglais haut niveau
grat grat
RENDEZ-MOI MON FILS !?!
ZZZZZZ

HUUiiiiN !
PAF PAF !
Maman, non !
HUUUU !
CRAC !
¡AAARRAÏÏ !
PLAK !
Maman, maman...

Dis donc elle va pas bien la dame ! Et l'article est vachement bien écrit ...
... on ... on dirait "Le Monde" !
Non mais Carilé, c'est un article de propagande.
clic clouc
chtong !
" un article de propagande ? "
Mais oui bon sang Carilé ! Comment peux-tu être aussi NAÏVE ?! fff !
Rappelle-toi toutes ces guerres démarrées à coups de PROPAGANDE !
c'est pas nouveau !
Remember tout proche l'IRAK et les "armes de destruction massive !" PROPAGANDE ! Tout ça pour choper le pétrole !

Ici aussi ils viennent de SERVIR! Encore une guerre lancée par les INVESTISSEURS! LES BANQUES!
On va passer à KEVIPOLATAÏ...
Elle parle pas Anglais hein? Bobby?
Hein? Oui, euh, non.
Et cette pauvre MAMAN qui cherche son enfant dans le cynisme du CAPITALISME!
Pauvre, pauvre MAMAN!
Je suis sûre que si on regarde bien, c'est rempli de nouvelles BANQUES qui n'étaient pas là avant la guerre!
VODAFONE
CARILÉ! Si tu veux poser une question à KEVIPOLATAÏ c'est maintenant!
On est là, hein, c'est le moment.
Heu! Oui! Eh bien... Est-ce qu'il y a des BANQUES nouvelles dans les rues maintenant?
Heu... Des BANQUES qui n'étaient pas là avant?

Elle dit que toute sa famille s'est fait assassiner, qu'elle a vu tous ses enfants et ses petits-enfants mourir sous ses yeux, qu'elle ne désire plus que "crever", alors est-ce qu'elle n'aurait pas autre chose à penser que de regarder s'il y a des nouvelles banques dans la ville ?!!
J'ai pas compris où tu allais avec tes histoires de banque là...
Oui euh ouais moi non plus...
Mais en fait... Le "vrai", le "faux", c'est quoi ? Et... "la vérité" ?
Je .. j'ai besoin de ... savoir la... "la vérité" ... sinon je... sinon ça ... veut pu ... je ... sais pu... je com-prends pu...
...en fait la vérité est peut-être pas vraie ??et depuis combien de temps? et

Oui, chaque étiquette indique une mine.
Il faut tout nettoyer, car maintenant que la guerre est terminée, on va "aménager" ces terres, leur attribuer une "fonction", issue d'un grand "plan d'Aménagement du Territoire".
C'est ce qu'on voit ici.
WATER
RESERVE PLAN
Non. Ne me filmez pas.
Ma voix et mes mains seulement.
C'est au pinceau que l'on démine...

Comme ça...
Ça me donne l'impression parfois de repeindre un monde...
...très doucement... millimètres par millimètres...
Oui, c'est une ONG soutenue par le GOUVERNEMENT qui finance tout le DÉMINAGE...
Pendant la guerre une mine a explosé devant moi.
J'ai reçu un éclat près du cœur qu'on ne peut pas ôter...
DÉMINER, c'est une manière de... d'extraire ces souvenirs si...
si...
si... cruels !!

Carilé ! Bien dormi ?
Super, merci ! Et vous ?
On part dans dix minutes, ça te va ?
Ok, je prends l'air et j'arrive.
crich
crouc

Des conques !
scrich
scrich

Carile, on y va!
YEP!
Waou c'est quoi tous ces coquillages?!
Des CONQUES!
Je vais faire un REQUIEM à base de CONQUES!
Le son d'une CONQUE c'est un des plus vieux sons de l'humanité!
Une humanité PRÉ-INDUSTRIELLE tu vois.
Ah ouais SUPER!
Arrête-toi DYLANIL, on va demander à ces paysans s'ils connaissent la plage que l'on cherche.

Non je n'ai pas vu cette plage non nettoyée.
Et je ne veux pas être filmé.
Non je ne veux pas témoigner.
C'est trop dangereux...
Hiiiiiinn...
hips

Pardonnez-lui. Il est ivre.
Depuis la guerre nos jeunes se droguent... C'est le matin et ils sont drogués!...
Arrête-toi Dylanil, on va aussi demander leurs témoignages à ces passants.
non! désolé!

Non je ne sais pas de quelle plage vous parlez…
…je peux témoigner mais juste à l'écrit.
Je suis l'instituteur. Je m'occupais des petites sections de mon village et…
Ailleurs…
Non, désolée, je ne peux pas vous aider.

Trop dangereux, des mouchards partout.
Il y a des camionnettes BLANCHES qui surveillent et qui enlèvent les gens !
RICE
Excusez-moi, je...
COIFFEUR
Allez, arrête-toi encore là, DYLANIL.

NON je n'ai pas PEUR de PARLER !!
Je suis déjà MORT. Ils nous ont déjà tous TUÉS.
Vous voyez ici c'est là qu'ils ont d'abord mis les gens avant de les emmener sur la plage... en leur disant qu'ils seraient PROTÉGÉS...
... mais ils TIRAIENT sur eux ! À chaque fois ! Tout le long de leur exode ils leur disaient d'aller dans des ZONES SAFE, et ils les BOMBARDAIENT !
Là, regardez : des GRENADES, partout !
La TERRE est pleine des débris métalliques des BOMBES.
Les gens arrivaient par milliers sur cette route.
Regardez là, les cadavres de voitures que les gens ont dû laisser ...

Pourquoi j'ai mis ce TABLEAU là ?!
Pour ne plus voir ce TROU causé par un bombardement !
Allez, maintenant je dois faire la traite, vous allez gêner mes vaches.

Camp militaire !
Eh bien ! Ça a secoué par ici !

Ça alors ! Quelqu'un...
Non... nous n'avons plus rien... Nos terres ne nous ont pas été rendues... Non, ne nous filmez pas...

TCHA
TCHAK
TCHAK
TCHAKA
TCHAKA
TCHAKA
TCHAK
TCHA
TCHA
Carilé ? Ça n'a pas l'air d'aller ?
Je... je n'arrive plus à bouger les bras...
Tu peux te lever ?
Oui, je crois.
T'as pas l'air bien...
Viens prendre l'air.
Respire, ça aide beaucoup.

Tu fais peut-être une crise d'angoisse. Tu en as déjà fait ?
Non, jamais.
C'est très violent tout ce qu'on entend... Peut-être que ça t'atteint trop fort...
bloch
Non je... j'étais préparée à ça... Pfff... c'est...
... Peut-être les... fff... les... attentats à Paris fff vu que... fff j'y étais...
... je... je sais pas bien...

Alors ? C'est mieux ?
Ça a l'air !
Oui... Tout va bien sans doute un coup de chaleur.
On fait de ces journées, faut dire !
Clairement.
Fabrice, tu me passerais une cigarette ?
Pour sûr !
CRIC !
Oh Pardon ! Désolée !...
Pas de problème, tout va bien !
Tu nous réveilles si tu as besoin.
Et Respire bien profondément, ça va passer.

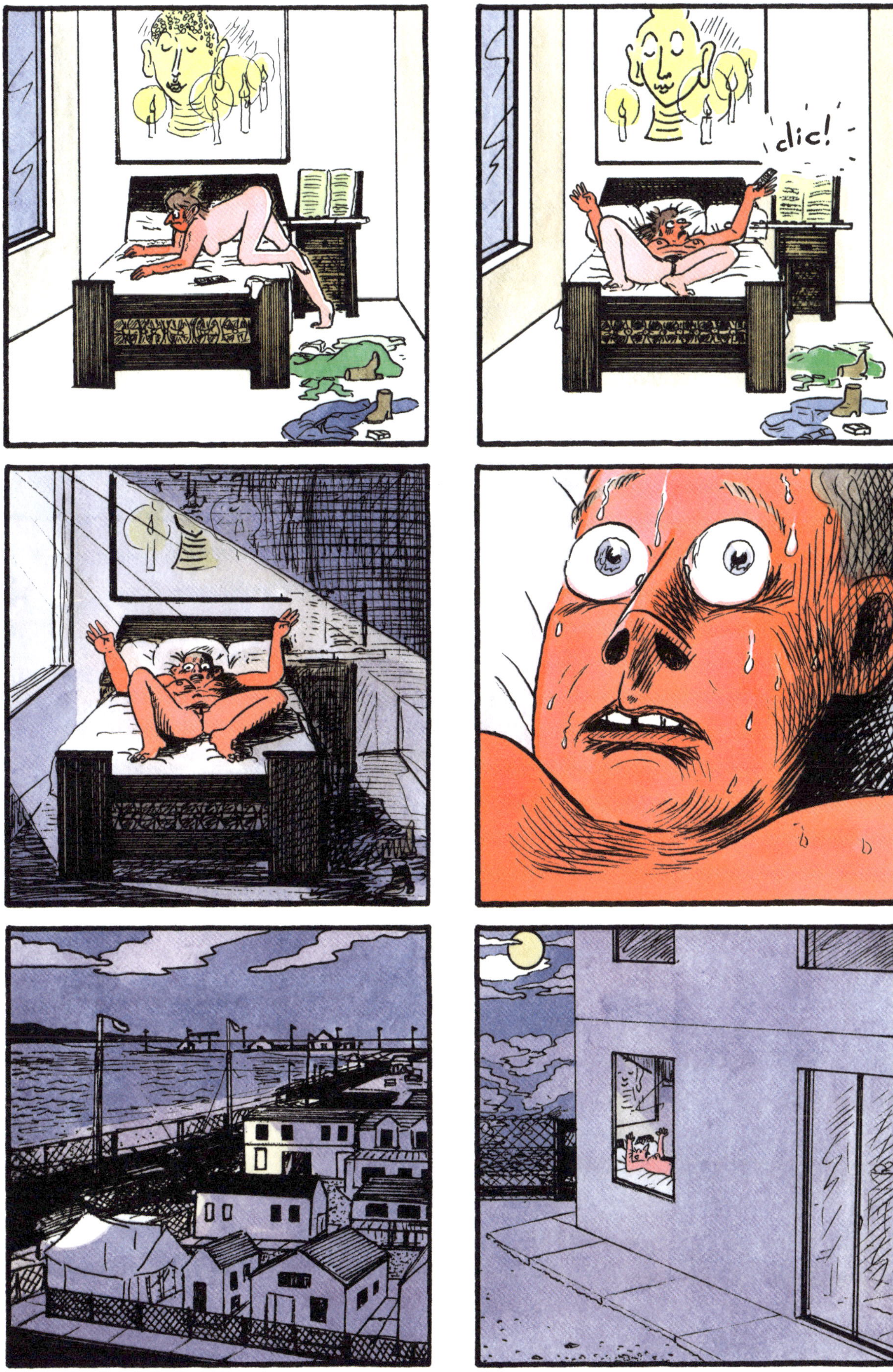
clic!

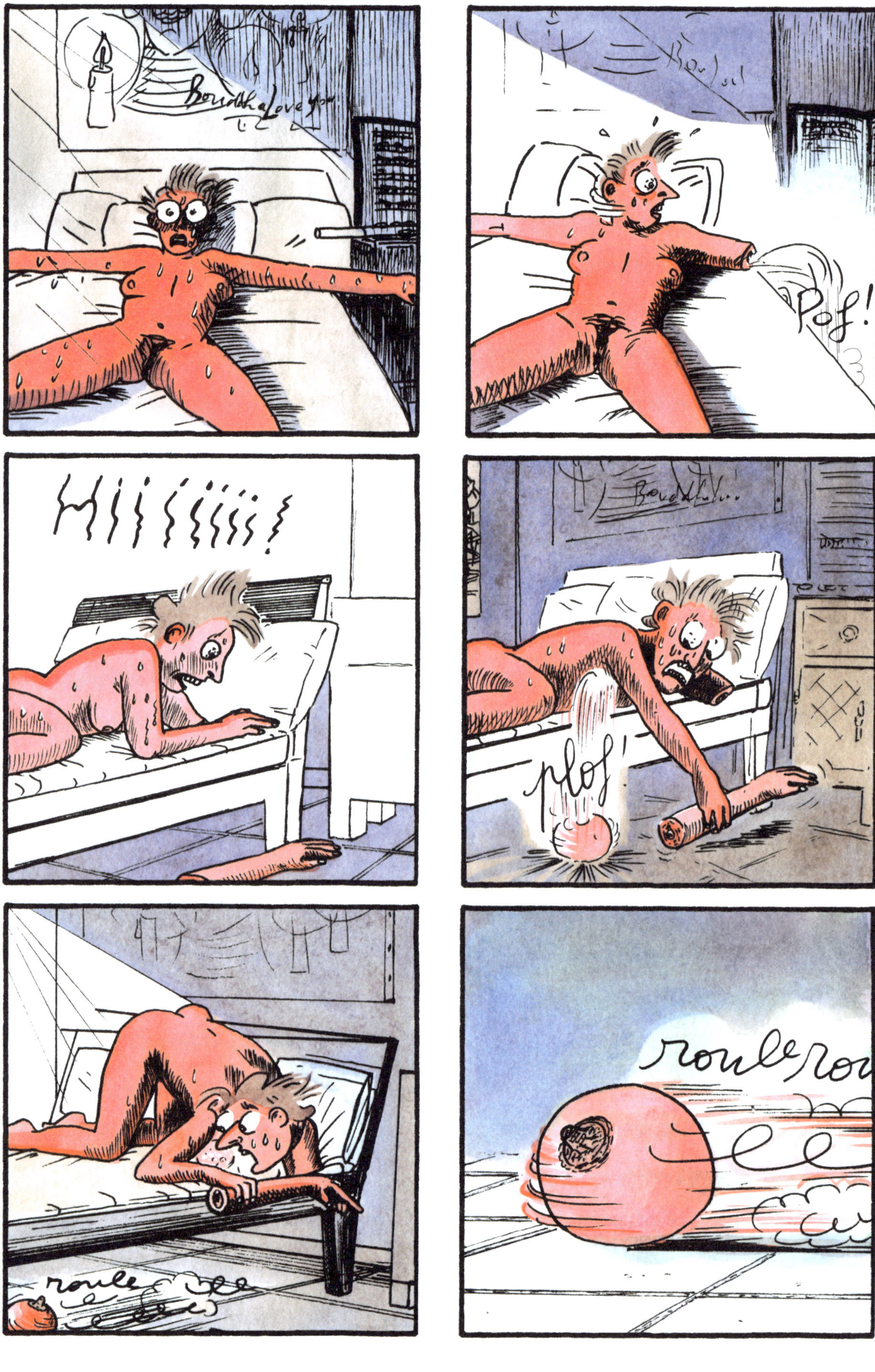

Bouddha Love you
Pof!
plof!
roule
roule rou

flatch
sluurp
splach

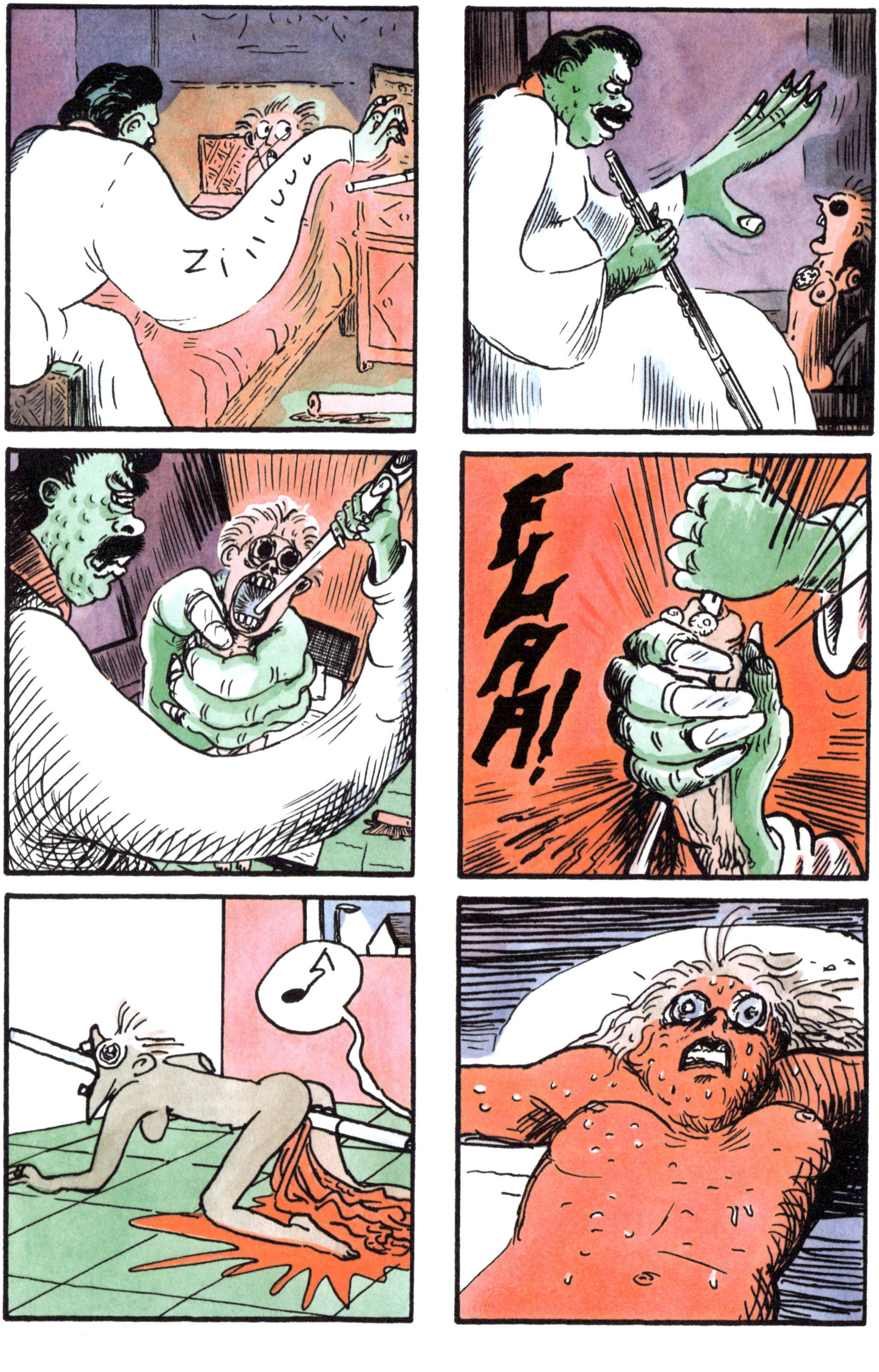
Ziiiiiuuuu
FLAAH!

Andy !
Vanessa !
Non, pas de vidéo. Merci, Sister.

Vipusika ? Tu veux commencer ?

À Mullivaikkal, où que nous regardions, il y avait du sang et des cadavres.
Les gens étaient tout le temps planqués dans les BUNKERS.
Nous ne pouvions pas sortir chercher de l'eau ni de la nourriture ni rien. Nous ne pouvions pas marcher debout…
Il fallait tout le temps se tordre, se plier !… car à 250 mètres venaient les coups de feu.
Alors si nous marchions droit nous aurions reçu des balles. C'est pour ça que nous marchions toujours COURBÉS.

Vipusika ?
Tu veux commencer ?

À Mullivaikkal, où que nous regardions, il y avait du sang et des cadavres.
Les gens étaient tout le temps planqués dans les BUNKERS.
Nous ne pouvions pas sortir chercher de l'eau ni de la nourriture ni rien. Nous ne pouvions pas marcher debout...
Il fallait tout le temps se tordre, se plier !... car à 250 mètres venaient les coups de feu.
Alors si nous marchions droit nous aurions reçu des balles. C'est pour ça que nous marchions toujours COURBÉS.

À Mullivaikkal nous pensions que tout le monde allait mourir, je n'ai jamais pensé que nous pourrions survivre…
… et vivre cette vie maintenant.
Je n'ai pas les mots pour exprimer à quel point on souffrait, et personne n'était là pour nous aider !…
Chaque jour on espérait que quelqu'un vienne nous secourir.
L'Amérique, l'Inde, je ne sais qui !
… Mais PERSONNE n'est VENU !!

scrich scrich
Un matin j'étais avec le bébé de ma sœur, qui était né sur la plage...
Il n'y avait plus que moi pour le protéger. Car tous avaient été tués.
... ma mère, mon père, ma sœur, mon frère, une de mes tantes, l'oncle d'une autre tante...
... Il n'y avait plus que moi pour ce bébé.
Ce jour-là, il y a eu des échappées de gaz. Quelqu'un a dit que c'était du PHOSPHORE...

À Mullivaikkal nous pensions que tout le monde allait mourir, je n'ai jamais pensé que nous pourrions survivre…
… et vivre cette vie maintenant.
Je n'ai pas les mots pour exprimer à quel point on souffrait, et personne n'était là pour nous aider !…
Chaque jour on espérait que quelqu'un vienne nous secourir.
L'Amérique, l'Inde, je ne sais qui !
… Mais PERSONNE n'est VENU !!

scrich scrich
Un matin j'étais avec le bébé de ma sœur, qui était né sur la plage...
Il n'y avait plus que moi pour le protéger. Car tous avaient été tués.
...ma mère, mon père, ma sœur, mon frère, une de mes tantes, l'oncle d'une autre tante...
...Il n'y avait plus que moi pour ce bébé.
Ce jour-là, il y a eu des échappées de gaz. Quelqu'un a dit que c'était du PHOSPHORE...

On connait dans les allées...
Le bébé en avait eu sur lui !... Il s'est mis à pleurer, et j'ai vu que...
... que sa peau craquait !
... et saignait ! Et plus sa peau craquait et plus il pleurait !
... ce qui faisait recraquer sa peau toujours plus !
Il pleurait ! Il hurlait !

Et j'étais toute seule, avec cette petite boule chaude et sanglante !
...le sang qui sortait, comme d'une éponge !
DANS CET ENFER !
Le sol était une bouillie de corps. Un sol de corps pourris. Et nous marchions dessus.

Après, quand tout ça a été fini, ils nous ont fait passer un à un dans un long couloir de grillage...
...nous ont tous mis complètement NUS, les uns devant les autres, enfants et adultes, hommes et femmes.
On m'a forcée à me déshabiller, et des soldats filmaient avec leurs téléphones.
J'aurais PRÉFÉRÉ qu'ils nous TUENT TOUS sur la plage plutôt que d'être DÉSHABILLÉS devant eux !!
Comment peuvent-ils encore dire que ça n'a PAS EU LIEU ?!!? Alors qu'ils ont ces films sur leurs TÉLÉPHONES ! ÇA REND FOU !!
VIPUSIKA !

Oh, non, Vipusika... Elle s'est endormie...
Ça lui arrive quand elle raconte tout ça.
Elle tombe dans un grand sommeil de plusieurs jours.
Pauvre chérie...
Tu le diras, Sister, tout ça, dans ton film, hein?
Bien sûr, les filles...
Comptez sur moi.
Je te donne mon WATSAP pour que tu m'envoies le film quand il sera FINI.
Oui! Envoie!
Carilé? Ça va pas, encore?
Ce sont mes bras, ça recommence...
Tu peux me bloquer mes affaires sous les aisselles?
C'est vous les journaliste?!

Attendez ! Ne partez pas !!
Je peux vous montrer des photos de femmes enceintes qu'ils ont ouvertes et dont ils ont sorti les bébés ! hihihi
J'ai les photos de ce qu'ils ont fait ! Vous voulez les voir ? hihihi !
Oui, merci mon Père, on va les filmer.
Ils ont aussi coupé les seins d'une journaliste ! hihi !
Oui, nous sommes au courant.
ZZZZZ

Turn left to the next road.
yes, this one.
On continue à pied. Prends le matériel, Fabrice.
FORBIDEN!
STOP ARMY ZONE
...Attends, mais...
C'est INTERDIT! Qu'est-ce qu'on fait là ?!!
Il faut bien forcer le truc.
FORBIDEN
Mais! NON! C'est trop DANGEREUX! Tu prends le risque pour nous tous! Je suis pas d'accord! Tu n'as pas le...
...droit...

La voilà...

... la preuve !
Filme tout ça, Fabrice
Tous les détails.
OKOBIN
HELLO KITTY

Pourquoi ont-ils laissé ce bout de plage intact sans le nettoyer... Mystère!
Il faut t'imaginer ces mêmes décombres partout, sur une dizaine de kilomètres.
Il devait y en avoir depuis la pointe que tu vois là-bas...
...jusqu'après cette anse, où se trouve notre hôtel.
Excuse-moi, Vanessa, mais... On est sûrs que c'est pas juste une... une décharge publique?
Regarde: ça c'est les "BUNKERS" dont parlait VIPUSIKA tout à l'heure...
...c'est juste un trou creusé à la main.

*Comité International de la Croix Rouge.

On peut dire que toute l'aide internationale s'est résumée à la livraison de ces bâches...
CICR
CICR
CICR
... quand ça tirait sans discontinuer...
Fabrice ! Viens filmer les Tentes !
HCR
HCR
CICR
CICR
CICR

CICR
CICR
ZOUP
CICR
flap
flap
flap
flap
flap
flap
AL DENTE

* parcequ'on est Français.

La veille du départ on prit à la Capitale un magnifique Airbnb dans les beaux quartiers de la ville.
Nos hôtes CINGALOU étaient des cadres socio-professionnels élevés absolument chaleureux.
Voici vos appartement !
Votre maison est magnifique !
Baïaka et moi adorons l'Architecture et la Décoration.
Lorsque Vanessa expliqua la raison de notre présence dans le pays, notre hôte fut troublé.
Non ! Ce... C'est IMPOSSIBLE ! Notre Président a mené cette opération de manière totalement PACIFIQUE !
C'était de l'AIDE !
Il a AIDÉ ce peuple ! NOTRE PEUPLE !
Vous devez vous TROMPER, je vous ASSURE !
Allez ! Ouvrons ce... SAUVIGNON 98 !!
Oh, Oooh !

VROAAAAA
Vuuuuuuu
Je vous jette ici ?
Vooo
gniii
BAM!

Carilé ?
J'avais peur d'être en retard !
Tu m'embrasses pas ?
Viens allons prendre un café...
D'accord
N°1 LONELY PLANET

clac
VRRR
UUUU
pchüt
psüt!
pchit!
ploc
Excusez-moi messieurs, en fait la personne dans la cruche, c'est mon amoureuse, et...
clonc
clonc
clonc!
clonc!

fchii
FCHEU

ZADIG
& VOLTAIRE
COTELAC
c'est BON! c'est SALE!
LE POINT
JDD
LA HUNE
VUITTO
fchii

Fin

POLICE
MUNICI

Carilé ? ça va mieux ?
Mais les yeux de Carilé pleurèrent encore pendant des mois.
C'était comme si le chagrin du monde avait choisi de s'écouler par ces yeux-là...
POLICE MUNIC

... les plombiers le savent, à l'instar des pleureuses antiques...

… les chemins que choisit l'eau sont difficiles à comprendre.

Un matin, un plombier juste-ment se présenta à la porte du studio où vivaient Carilé et l'amoureux.
NUUT
NUUT
TOP DEPANNE
Bonjour !
Bonjour ! Monsieur
C'est ici.
Faudra me dégager ce carton s'il vous plaît. La canalisation passe derrière...
C'est à cette occasion que Carilé rouvrit son grand cahier de composition.
L'histoire d'Obissa et du djihadiste...
...je l'avais oubliée...
Comprends-tu notre amour profond ?
C'est ainsi qu'il faut s'aimer.
Tous les deux homme et femme à la fois...
Elle, rejetant la religion...
Lui, la cherchant...

"L'homme-enfant" et "la femme à barbe"... ?
De quoi cette "barbe" est-elle le signe ?
Plus de Barbe... Moins de Barbe...
Qu'est-ce que tu veux dire ?... On n'est pas allé au bout de cette histoire...
Clong clang
Vous écrivez de la musique ?
Oui, enfin non ! Enfin, c'est une histoire "chantée"...
Ah ! Et ça raconte quoi, cette histoire ?
Eh bien celle-là, je sais pas bien justement... ça se passe entre un djihadiste et une fille de la campagne française qui a grandi avec des parents témoins de Jéhovah...
Et ils s'aiment...
...Deux fleurs poussées sur un même terreau d'ignorances, d'injustices, de misères...
...même si c'est pas du tout les mêmes misères hein ! c'est des misères très différentes, on va pas comparer !

Ou alors en fait, si, la misère c'est toujours la misère ? Est-ce qu'on peut dire "Misère" écrite avec un grand M ? ...
Ce qui est certain, c'est qu'il vaut mieux pas faire de misère aux gens !
gnik
Si on traite mal les gens, ça vous revient toujours dans la gueule à un moment ou à un autre.
Je sais pas pourquoi je repense à ça, l'autre jour j'écoutais une émission sur Giordano Bruno, vous connaissez ?
CROUC
Souvent j'écoute la radio sur mes chantiers...
Giordano Bruno c'est un monsieur qui a été brûlé vif en 1600 pile.
En 1580, alors qu'il se demande comment arranger le monde, il avance que le seul moyen d'y parvenir...

...réside dans la QUALITÉ DES LIENS que les hommes entretiennent, pas seulement entre eux, mais avec toutes les choses vivantes.
Pour lui, l'esprit (on dit "DIEU" à son époque) est dans la matière.
Il devine de l'intelligence dans chaque particule de matière.
Je sais pas si vous avez déjà fait de la SOUDURE, mais à mon niveau je vois bien ce qu'il veut dire.
Alors pour lui ce qu'il faut c'est se soucier de ce lien...
...et ce lien, le lien, c'est l'amour, uniquement l'amour.
Et l'amour, c'est la MAGIE. La seule MAGIE qui existe.
C'est une magie d'une grande douceur.

Notes & Remerciements

Ce livre est un livre de fiction mais on y évoque :

* le film de Vanessa Dougnac et Fabrice Launay "Sri Lanka, les fantômes de la guerre", narrative Babel Arte, 2016.

* le salon de la sécurite intérieure des états à Villepinte, Novembre 2015 (Merci à La Revue Dessinée pour le ticket d'entrée)

* la Maison de la Poésie à Paris. (Merci à Colombe BONCENNE pour son invitation à Paris en toutes lettres en Novembre 2015).

On y évoque également une une émission de radio sur Giordano Bruno.

Les vers du "Théâtre" sont des citations du poème REQUIEM d'Anna Akhmatova dans la traduction d'André MARKOWICZ lors de la représentation de "Requiem" au Carreau du Temple le 16 Novembre 2015.
Merci à lui, ainsi qu'à la violoncelliste Sonia Wieder-Atherton.

Merci à Monica Husar et Nikola Marković pour leur accueil à la Résidence de PANCEVO en Serbie.

Merci à Soline Ledésert.

Merci à Stéphane Beaujean.

Merci à Bettina Henni, ainsi qu'à Mathilde Koenig et Perceval Barrier.

Spécial Best Regards à Vanessa Dougnac, Fabrice Launay, Julien Momenceau et Nixon.

Un grand merci à Marie Darrieussecq.

un MERCI non stop à Adrien Albert pour son soutien sans failles. :)

Autre énorme MERCI à Anaïs Vaugelade pour son inégalable pugnacité d'éditrice et son intelligence sans aucune borne !

Baisers pleins de tendresse à mes parents, ma Tante, mon frère.

Pensées infinies à tous les survivants.

DANS LA MÊME COLLECTION

Clara Lodewick
Merel

Camille Poulie
Bunker

Yann Le Bec, Lola Halifa-Legrand
L'Ami

À découvrir également

LES ONDINES
(Collection pour les jeunes lecteurs à partir de 7 ans)

Nadja
Les Dieux de L'Olympe
T.1 Aphrodite
T.2 Apollon

Lucie Lomová
T.1 Anča & Pepík mènent l'enquête
T.2 Anča & Pepík chassent le mystère

Lucas Méthé
T.1 Gosse et les Berges
T.2 Gosse et son ami Taigne

Yoon-sun Park
L'incroyable Mademoiselle Bang
(Fauve Jeunesse du Festival International de la Bande Dessinée 2024)

Camille Jourdy
Pépin et Olivia
T.1 La grande fête de rien du tout

Léon Maret
Euy (à paraître)

Dépôt légal : octobre 2024 – D.2024/0089/339
ISBN : 979-1-0347-6899-8

Éditions Dupuis s.a., rue Destrée 52, 6001 Marcinelle, Belgique.
Imprimé sur PPO, rue de la Croix Martre 10, 91120 Palaiseau, France.
Achevé d'imprimer en août 2024.

WWW.DUPUIS.COM

Certifié PEFC
Ce produit est issu de forêts gérées durablement et de sources contrôlées
PEFC
10-31-1800
www.pefc-france.org